Neuer Frühling

Der liebe Frühling kommt mit hellem Klange
Und streuet seinen Schmelz auf Hain und Triften;
Viel tausend Vögel wiegen sich in Lüften
Und feiern ihn mit lautem Freudensange. –

Auch du, mein Herz, ihn freundlich zu empfangen,
Aus starrer Trauer mußt du dich erheben!
Was willst du noch der alten Liebe leben,
Da rings umher nur frische Rosen prangen.

Und konnt im Lenz die alte Lieb verglühen,
So mag die Trauer mit dem Winter schwinden;
Im neuen Lenz wird neue Lieb erblühen.

Es sind ja Blumen noch genug zu finden,
Der ganzen Flur ist neuer Schmuck verliehen!
Drum will auch ich aufs neu mir Kränze winden!

April

Das ist die Drossel, die da schlägt,
Der Frühling, der mein Herz bewegt;
Ich fühle, die sich hold bezeigen,
Die Geister aus der Erde steigen.
Das Leben fließet wie ein Traum –
Mir ist wie Blume, Blatt und Baum.

Die alte Lust ist neu erstanden

Die alte Lust ist neu erstanden,
Pfingstglocken läuten übers Feld,
Und neu erwacht aus Schlummerbanden
In Liebesschauer rings die Welt;
Und jugendsüße Träume weben
Wie Märchen auf dem alten Stern.
Warum, o mein geliebtes Leben,
O sprich, warum bist du so fern?

Es ist ein Flüstern

Es ist ein Flüstern in der Nacht,
Es hat mich ganz um den Schlaf gebracht;
Ich fühl's, es will sich was verkünden
Und kann den Weg nicht zu mir finden.

Sind's Liebesworte, vertrauet dem Wind,
Die unterwegs verwehet sind?
Oder ist's Unheil aus künftigen Tagen,
Das emsig drängt sich anzusagen?

Immensee

Aus diesen Blättern steigt der Duft des Veilchens,
Das dort zu Haus auf unsern Heiden stand,
Jahraus und -ein, von welchem keiner wußte,
Und das ich später nirgends wieder fand.

Hinter den Tannen

Sonnenschein auf grünem Rasen,
Krokus drinnen blau und blaß;
Und zwei Mädchenhände tauchen
Blumen pflückend in das Gras.

Und ein Junge kniet daneben,
Gar ein übermütig Blut,
Und sie schaun sich an und lachen –
O wie kenn ich sie so gut!

Hinter jenen Tannen war es,
Jene Wiese schließt es ein –
Schöne Zeit der Blumensträuße,
Stiller Sommersonnenschein!

Dahl 82

Blumenduft vom Nachbarfenster

Blumenduft vom Nachbarfenster
Weht der Wind zu mir herein,
Und es scheint ein Gruß der Liebe
Aus der Ferne mir zu sein.

Dahl 84

Morgens

Nun gib ein Morgenküßchen!
Du hast genug der Ruh;
Und setz dein zierlich Füßchen
Behende in den Schuh!

Nun schüttle von der Stirne
Der Träume blasse Spur!
Das goldene Gestirne
Erleuchtet längst die Flur.

Die Rosen in deinem Garten
Sprangen im Sonnenlicht;
Sie können kaum erwarten,
Daß deine Hand sie bricht.

Dahl 84

Begeisterung ist schön in jungen Tagen

Begeisterung ist schön in jungen Tagen,
Und ohne sie ist Jugend trostlos öde;
Doch kann sie nicht euch bis ans Ende tragen,
So war es dennoch nur ein leer Gerede.

An einem schönen Sommerabende

Lieblich senkt die Sonne sich,
Alles freut sich wonniglich
In des Abends Kühle!
Du gibst jedem Freud und Rast,
Labst ihn nach des Tages Last
Und des Tages Schwüle.

Horch, es lockt die Nachtigall,
Und des Echos Widerhall
Doppelt ihre Lieder!
Und das Lämmchen hüpft im Tal,
Freude ist jetzt überall,
Wonne senkt sich nieder!

Wonne in des Menschen Brust,
Der der Freud ist sich bewußt,
Die ihm Gott gegeben,
Die du jedem Menschen schufst,
Den aus nichts hervor du rufst
Auf zum ew'gen Leben.

Juli

Klingt im Wind ein Wiegenlied,
Sonne warm herniedersieht,
Seine Ähren senkt das Korn,
Rote Beere schwillt am Dorn,
Schwer von Segen ist die Flur –
Junge Frau, was sinnst du nur?

Die Julisonne schien auf ihre Locken

Die Julisonne schien auf ihre Locken,
Da sprang sie fort ins Dunkel der Syringen,
Daß rauschend um sie her die Blütenflocken
Sich wie zum Kranz um ihre Schläfe hingen.

Dahl 86

Die Möwe und mein Herz

Hin gen Norden zieht die Möwe,
Hin gen Norden zieht mein Herz;
Fliegen beide aus mitsammen,
Fliegen beide heimatwärts.

Ruhig, Herz! du bist zur Stelle;
Flogst gar rasch die weite Bahn –
Und die Möwe schwebt noch rudernd
Überm weiten Ozean.

Im Walde

Hier an der Bergeshalde
Verstummet ganz der Wind;
Die Zweige hängen nieder,
Darunter sitzt ein Kind.

Sie sitzt in Thymiane,
Sie sitzt in lauter Duft;
Die blauen Fliegen summen
Und blitzen durch die Luft.

Es steht der Wald so schweigend,
Sie schaut so klug darein;
Um ihre braunen Locken
Hinfließt der Sonnenschein.

Der Kuckuck lacht von ferne,
Es geht mir durch den Sinn:
Sie hat die goldnen Augen
Der Waldeskönigin.

Verirrt

Ein Vöglein singt so süße
Vor mir von Ort zu Ort;
Weh, meine wunden Füße!
Das Vöglein singt so süße,
Ich wandre immerfort.

Wo ist nun hin das Singen?
Schon sank das Abendrot;
Die Nacht hat es verstecket,
Hat alles zugedecket –
Wem klag ich meine Not?

Kein Sternlein blinkt im Walde,
Weiß weder Weg noch Ort;
Die Blumen an der Halde,
Die Blumen in dem Walde,
Die blühn im Dunkeln fort.

Kranzwinden

Zusammen Bub und Mädchen,
Die wanden Kränzelein
Und flochten unversehens
Die Herzen mit hinein.

Die Blumen alle welkten,
Die Bänder lösten sich;
Die Herzen aber hielten
Zusammen ewiglich.

Dahl 86

O süßes Nichtstun

O süßes Nichtstun, an der Liebsten Seite
Zu ruhen auf des Bergs besonnter Kuppe;
Bald abwärts zu des Städtchens Häusergruppe
Den Blick zu senden, bald in ferne Weite!

O süßes Nichtstun, lieblich so gebannt
Zu atmen in den neubefreiten Düften;
Sich locken lassen von den Frühlingslüften,
Hinabzuziehn in das beglänzte Land;
Rückkehren dann aus aller Wunderferne
In deiner Augen heimatliche Sterne.

An die Freunde

Wieder einmal ausgeflogen,
Wieder einmal heimgekehrt;
Fand ich doch die alten Freunde
Und die Herzen unversehrt.

Wird uns wieder wohl vereinen
Frischer Ost und frischer West?
Auch die losesten der Vögel
Tragen allgemach zu Nest.

Immer schwerer wird das Päckchen,
Kaum noch trägt es sich allein;
Und in immer engre Fesseln
Schlinget uns die Heimat ein.

Und an seines Hauses Schwelle
Wird ein jeder festgebannt;
Aber Liebesfäden spinnen
Heimlich sich von Land zu Land.

An Theodor Mommsen

Die Welt ist voll von Sommerlüften,
Und ich plädiere im Gericht;
In Aktenstaub und Moderdüften
Versinkt das liebe Sonnenlicht.

So scheidet mich allaugenblicklich
Mein Amt aus dieser Sommerzeit –
Nicht jeder ist, mein Freund, so glücklich
Wie Sie in seiner Tätigkeit.

Wenn Sie in Bummelsehnsuchtsstillung
Sich wärmen nicht im Sonnenlicht,
So schaun Sie als Berufserfüllung
Den schmucken Dirnen ins Gesicht.

In seinem Garten wandelt er allein

In seinem Garten wandelt er allein;
In alle Bäume gräbt er immer wieder
Gedankenschwer den einz'gen Namen ein,
Und in dem Namen klagen seine Lieder.

Sanft blaut der Himmel, milde Rosen webt
Die Sommerzeit durch mächt'ge Blättermassen.
Er schaut sie nicht; die Zeit, in der er lebt,
Ist alt, verblüht, von allen längst verlassen.

In der Fremde

Andre Seen, andre Auen –
Längst verschwunden Strand und Meer,
Rings wohin die Augen schauen,
Auch kein Plätzchen kenn ich mehr.

Andre Menschen, andre Herzen,
Keiner gibt mir frohen Gruß,
Längst verschwunden Spiel und Scherzen,
Längst verschwunden Scherz und Kuß.

Aber wenn der Tag geschieden,
Dunkel liegen Tal und Höhn,
Bringt die Nacht mir stillen Frieden,
Wenn die Sterne aufergehn.

Schaun aus ihrer blauen Ferne
So vertraut herab zu mir! –
Gott und seine hellen Sterne
Sind doch ewig dort wie hier.

Mondlicht

Wie liegt im Mondenlichte
Begraben nun die Welt;
Wie selig ist der Friede,
Der sie umfangen hält!

Die Winde müssen schweigen,
So sanft ist dieser Schein;
Sie säuseln nur und weben
Und schlafen endlich ein.

Und was in Tagesgluten
Zur Blüte nicht erwacht,
Es öffnet seine Kelche
Und duftet in die Nacht.

Wie bin ich solchen Friedens
Seit lange nicht gewohnt!
Sei du in meinem Leben
Der liebevolle Mond!

Auf dem hohen Küstensande

Auf dem hohen Küstensande
Wandre ich im Sonnenstrahl;
Über die beglänzten Lande
Bald zum Meere, bald zum Strande
Irrt mein Auge tausendmal.

Aber die Gedanken tragen
Durch des Himmels ewig Blau
Weiter, als die Wellen schlagen,
Als der kühnsten Augen Wagen,
Mich zur heißgeliebten Frau.

Und an ihre Türe klink ich,
Und es ruft so süß: Herein!
Und in ihre Arme sink ich,
Und von ihren Lippen trink ich,
Und aufs neue ist sie mein.

Mein schönes Wunderland

Es schwimmt auf hohen Wogen
Ein schönes Wunderland;
Bald nah, bald wieder ferne,
Von wen'gen nur gekannt.

Ein Land, wo ew'ge Sonnen
Am Firmamente stehn,
Wo wunderschöne Menschen
In Rosen schlafen gehn.

Wo Märchenbilder rauschen
Durch laue Waldesnacht
Und Blumen Küsse tauschen
In tausendfarb'ger Pracht.

Wo Liebe, Götterfreiheit
Das reine Leben küßt;
Wo alles voller Wunder,
Wo alles glücklich ist. –

Ach, nur in Liedern weilet
Mein Land so schön und hehr;
Ich mag es hoffen, ahnen,
Doch schauen nimmermehr.

In die Heimat

In die Heimat, in die Heimat
Ziehen meiner Leier Töne;
An des Westmeers weitem Strande
Hauset meine Festkamöne.

Nach des Baumes goldnen Früchten
Werf ich hoch den Wanderstab;
Doch umsonst, nur leichte Blüten
Wehen leise Winde ab.

Gern schließ ich einmal meine Türen

Gern schließ ich einmal meine Türen,
Um auf des Nachbars Grund zu gehn;
Doch muß ich deutlich dort verspüren
Den Duft des Kräutleins »Gerngesehn«.

Dahl 83

Am Fenster lehn ich

Am Fenster lehn ich, müd verwacht.
Da ruft es so weithin durch die Nacht. –

Hoch oben hinter Wolkenflug
Hinschwimmt ein Wandervogelzug.

Sie fahren dahin mit hellem Schrei
Hoch unter den Sternen in Lüften frei.

Sie sehn von fern den Frühling blühn,
Wild rauschen sie über die Lande hin.

O Herz, was ist's denn, das dich hält?
Flieg mit, hoch über der schönen Welt!

Dem wilden Schwarm gesell dich zu;
Vielleicht siehst auch den Frühling du!

Dann gib noch einmal aus Herzensdrang
Einen Laut, ein Lied, wie es einstens klang!

Ich kann dir nichts, dir gar nichts geben

Ich kann dir nichts, dir gar nichts geben,
Zu keinem Glück bedarfst du mein;
In fremden Landen wirst du leben,
In fremden Armen glücklich sein.

Komm, laß uns spielen

Wie bald des Sommers holdes Fest verging!
Rauh weht der Herbst; wird's denn auch Frühling wieder?

Da fällt ein bleicher Sonnenstrahl hernieder –
Komm, laß uns spielen, weißer Schmetterling!

Ach, keine Nelke, keine Rose mehr;
Am Himmel fährt ein kalt Gewölk daher!

Weh, wie so bald des Sommers Lust verging –
O komm! Wo bist du, weißer Schmetterling?

Liegt eine Zeit zurück

Liegt eine Zeit zurück in meinem Leben –
Wie die verlaßne Heimat schaut sie aus –,
Wohin im Heimweh die Gedanken streben;
Du kennst sie wohl; auch du warst dort zu Haus.

O folge mir, und laß dich heimatwärts
Durch mein Gedicht zu lieben Stunden bringen,
Die alte Zeit mit neu erregten Schwingen
Noch einmal schlagen an dein friedlich Herz!

Dämmerstunde

Im Sessel du, und ich zu deinen Füßen –
Das Haupt zu dir gewendet, saßen wir;
Und sanfter fühlten wir die Stunden fließen,
Und stiller ward es zwischen mir und dir;
Bis unsre Augen ineinandersanken
Und wir berauscht der Seele Atem tranken.

Schließe mir die Augen beide

Schließe mir die Augen beide
Mit den lieben Händen zu!
Geht doch alles, was ich leide,
Unter deiner Hand zur Ruh.

Und wie leise sich der Schmerz
Well' um Welle schlafen leget,
Wie der letzte Schlag sich reget,
Füllest du mein ganzes Herz.

Ein grünes Blatt

Ein Blatt aus sommerlichen Tagen,
Ich nahm es so im Wandern mit,
Auf daß es einst mir möge sagen,
Wie laut die Nachtigall geschlagen,
Wie grün der Wald, den ich durchschritt.

Dahl 86

Mit einer Handlaterne

Laterne, Laterne!
Sonne, Mond und Sterne,
Die doch sonst am Himmel stehn,
Lassen heut sich nimmer sehn;
Zwischen Wasserreih und Schloß
Ist die Finsternis so groß,
Gegen Löwen rennt man an,
Die man nicht erkennen kann!

Kleine freundliche Latern',
Sei du Sonne nun und Stern:
Sei noch oft der Lichtgenoß
Zwischen Wasserreih und Schloß
Oder – dies ist einerlei –
Zwischen Schloß und Wasserreih!

HEIDE DAHL wurde 1940 in Rostock als Tochter eines Malers und Porträtisten geboren und wuchs in Lübeck auf. Schon während der Ausbildung und Tätigkeit als Buchhändlerin pflegte sie das geerbte künstlerische Talent und bildete sich autodidaktisch fort. Frühe Erfolge mit ihren Aquarellen und Zeichnungen ermutigten sie, Zugang zu einem breiteren Publikum zu suchen. Ersten Präsentationen ihrer Werke auf Gemeinschaftsausstellungen folgten bald Einzelausstellungen in Lübeck, Travemünde und Hamburg.
Heide Dahl malt vorwiegend Landschaften, Akte und Blumen, bevorzugt in Aquarell, seit einigen Jahren auch in Öl. Ihre Handschrift ist immer unverkennbar. Die Bilder sind frei von Richtungszwängen und strahlen gleichermaßen Freude am Dargestellten und Melancholie aus, eine Verbindung, der sich der Betrachter kaum entziehen kann.
Seit den sechziger Jahren hat Heide Dahl Wohnsitz und Atelier in Düsseldorf, seit 1974 außerdem eine eigene Galerie in Kampen/Sylt auf dem Gelände der Kupferkanne. Während sie die ruhigen Wintermonate weitgehend in Klausur verbringt, um neue Werke zu schaffen oder auf Studienreisen Anregungen zu sammeln, können alte und neue Freunde sie im Sommer in Kampen treffen.

Gedruckt auf umweltfreundlichem Papier ohne Chlorbleiche

Ausstattung und Herstellung: ars edition, München
Printed in Belgium · ISBN 3-7607-8219-1